더 가라앉진 않을게

나도 무덤은 별로

monostory 001

반지하와 스킨답서스

주얼

eastend

차례

반지하와 스킨답서스 ——— 07

작가의 말 ——— 81

작가 인터뷰 ——— 87

반지하와 스킨답서스

석 달 전, 부모님은 매달 지원해 주던 돈을 끊었다. 입금일이 지나도 돈이 들어오지 않길래 엄마에게 연락했더니 냉정한 말투로 말했다. 이제 돈을 그만 보내기로 했다고. 그렇게 하는 게 나한테도 더 좋을 것 같다고. 도대체 어떤 점이 나한테 더 좋다는 건지 알 수 없었지만, 엄마의 결정을 순순히 받아들였다. 본인의 결정인 양 말한 엄마였지만, 형의 입김이

작용한 게 분명했다. 부모님의 지원은 그동안 형 몰래 이루어졌는데, 사실을 알게 된 형은 나에게 전화해 욕설과 잔소리를 해댔다. 정신 좀 차리라고. 언제까지 그따위로 살 거냐고. 그렇게 살다 결국 지은이처럼 인생 끝나고 싶냐고. 가만히 듣고 있다가 누나를 들먹이자 참지 못했다. 나이 차도 큰 형에게 버럭 화를 냈고, 우리는 전화로 한바탕 싸웠다. 그러고 나서 지원이 끊겼으니, 형의 영향이 있다는 추측은 충분히 가능했다.

    이유가 뭐든 일정하게 들어오던 돈이 갑자기 끊겼으니 적잖게 당황스러웠다. 비록 큰 액수는 아니었지만 그래도 덕분에 돈을 더 벌어야 한다는 부담에서 그나마 자유로웠다. 하지만 이제는 그만큼 더 벌던가, 아니면 그만큼 덜 써야만 했다. 난 별 고민 없이 후자를 선택했다. 가장 큰 고정 지출인 주거비를 줄이기로 했고, 더 저렴한 집으로 이사를 결정했다.

부동산 앱에서 오래된 다가구, 다세대 주택이 밀집된 지역을 집중적으로 살펴보다 이 집을 발견했다. 지하철역은 멀었지만 버스정류장은 가까웠고, 주변에 큰 재래시장이 있어 거주 환경이 나쁘진 않았다. 새로 도배를 했는지 사진 속 방의 상태도 깔끔했다. 괜찮겠다 싶어 부동산에 연락해 실제 집을 확인했고, 나는 크게 실망하고 말았다.

부동산 앱의 소개 어디에도 반지하라는 말은 없었다. 사진에서도 반지하라는 걸 전혀 눈치챌 수 없었다. 어쩐지, 창문을 닫아놓은 사진만 있더라니. 부동산 사장에게 불만을 말했더니 그는 아무렇지도 않게, 오히려 나를 나무라듯 말했다.

"계단 세 칸이 무슨 반지하야. 1층이지 1층."

어이가 없었지만 따져봤자 내 입만 아플 것 같아 대꾸하지 않았다. 말이 세 칸이지 이 집 계단은 일반적인 계단보다 한 칸의 높이도 높고 경사도 가팔랐다. 대여섯 칸으로 만들어야 할 계단을 뭉뚱그려 세 칸으로 만든 거 아닌가 싶었다. 본인이 살면 과연 저렇게 말할 수 있을까? 원망 섞인 눈빛으로 부동산 사장을 잠시 쏘아보다가 내 가슴보다 높이 달린 창문을 열어보았다. 녹슨 방범창 너머로 때마침 보행기를 힘겹게 끌고 지나가는 할머니의 형형색색 고쟁이 바지가 보였다. 나도 모르게 한숨을 쉬고 창문을 닫았다.

　　반지하라는 게 마음에 들지 않았지만 어쩔 수 없었다. 내 형편에서 선택할 수 있는 집은 이 정도였다. 계단 세 칸을 오르기 위해선 훨씬 큰돈이 필요했다. 속이 쓰렸지만 결국 계약을

했다. 그나마 방이 깔끔하다는 게 위안거리라면 위안거리였다. 물론 흰색 벽지 뒤로 검푸른 곰팡이가 얼마나 피어있을지는 알 수 없었지만.

*

"땅 밑에서 사는 건 어때?"

집들이 선물이라고 30개입 두루마리 휴지 묶음을 갖고 온 승우가 짓궂은 표정으로 물었다. 한창 살을 빼 조금 날씬해졌나 싶더니만 요요가 온 모양인지 승우의 얼굴과 몸은 다시 예전처럼 둥글둥글했다. 어떨 거 같은지 직접 보라고 하며 승우를 집안에 들였다. 딱히 볼 것도 없는 좁은 방을 찬찬히 둘러보는 승우의 표정에서 장난스러운 웃음기가 조금씩 사라졌다.

책상 위에 어지럽게 널려있는 책과 원고,

메모지에 한동안 시선이 멈춰있던 승우는 고개를 돌려 나를 흘깃 보았다. 뭔가 한 마디 던질 것 같은 표정이었다. 어렸을 적부터 내가 잘하면 잘하는 대로, 못하면 못하는 대로 온갖 잔소리를 늘어놓던 놈. 오늘은 무슨 말을 해도 신경 쓰지 말고 그러려니 해야지. 그런데 예상과 달리 아무 말도 하지 않았다. 이제는 잔소리도 귀찮아진 건가. 그렇게 생각하니 괜히 서운하기도 했다. 다시 책상으로 시선을 돌린 승우는 책꽂이의 책 중 한 권을 빼내 들어 보이며 과장된 목소리로 말했다.

"어, 나도 있는데, 이 책. 예비 베스트셀러 작가 김무용의 소설책. 너도 있었네?"

능글맞게 웃는 승우의 손에서 책을 빼앗아 책상 위로 아무렇게나 던졌다.

"헛소리하지 말고. 나가서 술이나 마시자."

이 근처엔 맛집이 뭐 있냐고 묻는 승우에게 미리 검색해 둔 근처 시장의 족발집을 말했다. 승우는 반색했다. 마침 요새 족발이 매우 당겼다며.

찾아간 족발집은 테이블이 네 개밖에 없는 협소한 식당이었다. 게다가 포장 판매 위주로 하는지 내부는 여기저기 쌓인 식재료와 포장 용기, 비품 등으로 어수선했다. 우리는 그나마 가장 깨끗한 테이블에 자리를 잡고 족발과 소주를 주문했다. 물휴지로 손을 닦은 승우가 주인에게 안 들리도록 손으로 입을 가린 채 작은 목소리로 물었다. 여기 맛집 맞아? 난 어깨를 으쓱할 뿐 대답하지 않았다.

곧 길쭉하게 썬 오이와 당근, 쌈 채소, 그리고 콩나물국이 차려졌고, 쌈장과 새우젓도 테이블에 놓였다. 술이 나오자 승우는 내 잔에 먼저 따르고, 자신의 잔에도 따랐다.

"반지하에 사니까, 좋냐?"

"좋아."

무심한 나의 대답에 승우는 어이없다는 듯 소리 내어 웃었다.

"웃기고 있네. 사람 살 곳이냐, 거기가."

"지도 그지 같은 단칸방에서 사는 주제에. 너 지금 이십만 반지하 거주민들을 무시하는 거냐?"

"난 2층이야."

우리는 소주잔을 들었다. 승우는 단숨에 잔을 비웠고, 나는 절반 정도만 마셨다. 달착지근하면서 역한 액체가 혀를 타고 목구멍으로 넘어가자 미간이 잔뜩 찡그려졌다. 국물을 몇 숟갈 떠먹으며 입안의 술기운을 씻어내고 있을 때 주인아주머니가 족발이 담긴 접시를 테이블에 놓고 갔다. 승우는 이상한 환호성을 지르며 젓가락으로 접시를 뒤적였다. 평소에도 족발의 진정한 맛은 발톱이라며 살코기보다 먼저 먹는 녀석은 오늘도 역시 발톱을 먼저 들었다. 오동통하게 살이 오른 손가락으로 발톱을 잡고 뜯는 승우의 모습이 오늘따라 더 미련해 보였다. 나도 족발을 한 점 집어 먹었다. 퍽퍽하고 맛도 심심한 게 영 별로였다. 동네 가성비 맛집이라고 하더니만 역시 싼 게 비지떡이다.

    족발과 함께 술잔을 기울이며 이런저런 서로의 근황을 나누던 중 승우가 얼마 전 건강검진에서 콜레스테롤 수치가 높게 나왔다고 했다. 그럼 이런 거 먹으면 안 되는 거 아니냐고 했더니 곧 운동 시작할 거라 괜찮다고 했다. 내가 한심하다는 표정을 짓자 승우는 자기 걱정은 하지

말라며 상추에 족발 두 점을 넣어 푸짐하게 싸 입에 넣었다. 그러고는 우물거리며 물었다.

"그나저나, 소설은 계속 쓰고 있는 거야?"

승우는 비어 있던 내 잔에 남아있는 소주를 모두 따르고 자리에서 일어나 주인아주머니를 향해 한 병 가져갈게요, 외친 뒤 냉장고에서 소주병을 꺼내 왔다. 뚜껑을 열고 자신의 잔에 소주를 따르는 승우를 보며 난 고개를 끄덕였다.

"쓰고 있지. 그것 말고 할 게 뭐 있겠냐."

가만히 날 바라보던 승우가 소주를 마셨다. 역시나 원샷.

"요새 사람들 소설 안 읽는다며?"

"그래?"

난 흥미 없다는 듯 반응했다.

"책 자체를 안 읽는대. 읽어도 자기 계발서나 읽지."

"너도 안 읽잖아."

"난 원래 소설 안 좋아해. 아, 김무용 작가님 소설은 좋아합니다."

승우가 과장되게 허리를 세우고 바른 자세를 취하며 장난스럽게 말했다. 나도 똑같이 자세를 바꿔 아이고 감사합니다, 하며 두 손으로 소주병을 들어 그의 빈 잔을 채워주었다. 승우는 사람들이 소설을 왜 안 읽는지 아느냐고 물었다. 난 모르겠다고 말했다. 정말 몰랐다. 그다지 알고 싶지도 않았다. 안다고 달라질 것도 없으니까.

"쓸모가 없으니까 안 읽는 거야."

난 입을 비죽이며 승우의 말을 듣는 둥 마는 둥 유리문 밖으로 시선을 돌렸다. 주인아주머니는 분주하게 족발을 썰고 포장해 기다리고 있던 배달 라이더에게 넘겼다. 승우는 내 반응은 신경 쓰지 않고 계속 떠들었다.

"먹고살기 바쁜데, 더 빨리 더 많이 벌어야 하는데 누가 소설을 읽겠어. 읽어봤자 도움도 안 되는데."

"그래서 뭐 어쩌라고."

난 조금 짜증 섞인 말투로 톡 쏘았다. 승우는 잠시 내 눈치를 보더니 장난스럽게 말했다.

"야, 그런데 조금 웃기지 않냐? 김무용이 무용無用한 소설을 쓴다는 게."

난 승우를 흘겨보았고 승우는 실실 웃으며 접시에 담긴 오이를 집어 쌈장에 찍어 먹었다. 아삭거리는 소리가 유독 크게 났다. 오이를 씹으며 소주잔을 손가락으로 만지작거리던 승우가 사뭇 진지한 표정과 목소리로 무용아, 하고 내 이름을 불렀다. 난 왜 느끼하게 이름 부르고 난리냐고 했다.

"난 네가 소설 쓰는 거 좋아. 좋은데……."

계속 소주잔을 만지작거리는 승우의 통통한 손가락이 눈에 거슬렸다. 뜸을 들이던 승우가 말을 이었다.

"난 네가 조금 더 나은 삶을 살았으면 좋겠어."

"무슨 말이야?"

승우는 한숨을 짧게 쉬었다.

"야, 까놓고 우리도 이제 서른여섯 살이야. 삼십 대도 꺾였고 앞자리가 바뀔 날도 이제 멀지 않았다고. 하고 싶은 거 하면서 편하게 사는 것도 좋지만, 나이 먹을수록 사는 꼬락서니가 점점 나아져야 하지 않겠냐? 아까 내가 다 속상하더라. 반지하라니……, 이게 뭐냐."

승우의 얼굴이 새빨갛게 달아올라 있었다. 한 잔만 마셔도 얼굴이 붉어진다는 걸 알았지만 모른 척 승우에게 너 얼굴 터질 것 같다고, 취했으니까 그만 마시라고 했다. 코웃음을 친 승우는 지랄하네, 라고 말하고 보란 듯 또 소주를 한 번에 들이켰다.

    소설가는 어릴 적부터 선망하던 꿈이었다. 그렇다고 내가 진짜로 소설가의 삶을 살게 되리라고 생각한 적은 없었다. 그저 평범한 직장인, 월급쟁이의 삶이 내 미래이겠거니 했다. 그랬는데 대학을 졸업하고 몇 년 후부터 소설을 쓰기 시작했다. 회사에서 무력하게 정리해고를 당해 한동안 실직자로 지낸 아버지를 보며 월급쟁이의 삶에 막연한 두려움과 반감을 갖게 된 것도 이유라면 이유였다. 하지만 내가 소설을 쓰게 된 가장 결정적인 이유는 분명 누나의 죽음이었다.

    내가 스물다섯 살 때, 그러니까 대학을 졸업하기 한 해 전에 누나는 스스로 목숨을 끊었다. 세상을 떠나기 전까지 어떠한 조짐도 없었다. 누구도 죽음을 예상 못 했고, 유서도 남기지 않아 왜 죽음을 선택해야만 했는지도 알 수 없었다. 다만 장례를 치르면서 누나가 실직한 지 일 년이 넘었고, 계좌에 남아있던 돈이 고작 이십육만 원이었다는 걸 알게 되면서 그저 짐작만 할 뿐이었다. 누나는 누구에게도 드러내지 못할 위태롭고 희망이 없는 삶을 살았을지도 모르겠다고. 그래서 점점 희미해지는 삶의 빛을 차라리 자신의 손으로 조용히 꺼버린 걸지도 모르겠다고.

    갑작스러운 누나의 죽음 이후 형은 마치 죽은 동생을 나무라고 원망이라도 하는 것처럼 무슨 일이든 닥치는 대로 하며 치열하게 살았다. 어떤 절망적인 상황에도 그렇게 하면 어떻게든 살 수 있다고 몸소 보여주기라도 하듯. 나도 증명하고 싶었다. 세상의 시선과 기준을 따르지 않는 가난하고 힘없는 삶이라도 온전한 나로 살 수 있다는 걸. 누나가 마지막에 맞닥뜨린 삶의 끝이 꼭 그렇게 슬프고 허무한 죽음으로 귀결되지만은 않는다는 걸. 그래서 결심했다. 자발적 가난을 선택하고, 원하는 걸 하면서 살기로.

　이후 취업은 하지 않고 최소한의 아르바이트나 단기 일용직만 했다. 그리고 소설 수업과 합평 모임을 찾아다니며 소설을 배웠다. 필요한 만큼만 일하고 대부분의 시간에 소설을 썼다. 생활이 넉넉하진 않았지만 하고 싶은 일을 한다는 뿌듯함과 즐거움만은 컸다. 계속 이렇게 충분히 살아갈 수 있을 것 같았다.

　하지만 소설을 쓰며 목표로 했던 것들이 실패하고 시간만 하염없이 흘러가자 자신감은 점점 사라졌다. 삶은 내 예상보다 훨씬 더 옹색해졌고, 그러면서 비참한 기분은 커졌다. 거주하는 집은 작아지고 누추해지다 못해 반지하까지 이르렀다. 솔직히 이쯤 되니 과연 내가 증명할 수 있을지 자신할 수 없었다. 조금 두렵기도 했다.

"반지하가 뭐 어때서, 인마. 생각보다 지낼 만해."

속마음과 다른 내 항변이 마음에 안 들었는지 승우가 날카로운 눈빛으로 날 흘겨보았다. 난 승우의 시선을 피해 벽에 붙은 맥주 광고 포스터 속 잘생긴 남자 모델에게 눈길을 돌렸다.

"너 이제 정말 밑바닥까지 온 거야. 더 내려갈 곳도 없어."

"없다고?"

"없지. 무덤밖에 더 있겠어?"

나도 모르게 헛웃음이 나왔다. 예전에 잠깐

옥탑방에 살아봤다. 그리고 지금은 반지하에 산다. 지옥고* 중 지옥을, 죽어서도 갈지 안 갈지 모를 지옥을 이미 경험했다. 그러니 무덤 따위 대수롭지도 않았다. 오히려 지금보다 더 편할지도. 어쩌면 누나도 이렇게 생각했던 건 아닐까.

승우가 길게 한숨을 쉬었다. 눈빛이 한결 부드러워졌다.

"무용아, 이번에 우리 회사에서 사람 뽑아. 좋은 회사인지는 모르겠지만, 그래도 나름 안정적으로 굴러가. 내가 얘기하면 별문제 없이 입사할 수 있을 거야."

"나보고 너희 회사 취업하라고?"

중학교 때부터 친구인 승우는 내가 뭘 하던, 어떻게 살던 진심으로 나를 응원하며 믿어주었다. 잔소리는 많아도 비난하거나 무엇을 강요한 적은

---

*[편집자 주] 반지하, 옥탑방, 고시원에서 한 글자씩 따온 말. 주거비 부담으로 인한 청년 세대의 열악한 주거환경을 지칭.

없었다. 그런 애가 이렇게까지 얘기한다는 건
그만큼 내 상황이 심각하다고 판단한 것이다.
기분이 별로 좋지 않았다. 잔을 들어 소주를
마셨다. 웬만하면 하지 않는 원샷을 했다.
미적지근해진 소주가 속에 들어가자 역한 기운이
올라왔다. 난 국그릇을 손으로 들어 국물을
들이켠 후 승우에게 말했다.

"내가 아무리 굶어 죽어도 너네 회사는 안
가. 지도 맨날 좆소기업 언젠가 때려치우겠다고
하면서."

"야, 직장 생활하면서 그런 소리는 그냥 숨
쉬듯 하는 거야. 우리 회사 괜찮아."

"그렇게 괜찮으면 너나 열심히 다녀. 난
됐으니까."

"농담 아니니까 잘 생각해 봐."

"나도 농담 아니거든."

승우는 잔에 소주를 따르며 질렸다는 듯 고개를 절레절레 흔들었다. 나도 빈 잔을 앞으로 내밀었다. 승우는 더 마셔도 괜찮겠냐고 물었고, 난 말 없이 손가락 끝으로 빈 잔을 톡톡 쳤다. 승우가 잔을 채워주었고, 우리 사이엔 잠시 정적이 흘렀다. 벽걸이 텔레비전의 화면 속 뉴스에서 기자가 뭐라고 떠들었지만 귀에 들어오지 않았다. 난 잔을 들며 너 때문에 술맛 떨어졌다고, 막잔하고 나가자고 했다. 승우는 억울하다는 듯 콧잔등에 주름을 지으며 표정을 조금 구겼지만 별다른 말은 하지 않았다. 우리는 잔을 부딪치고 남은 술을 모두 비운 뒤 자리에서 일어났다. 평소였다면 절반 가까이 남은 족발을 포장했을 승우는 오늘은 그러지 않았다. 대신 미련해 보이는 덩치에 어울리지 않게 재빨리 카운터로 가더니 먼저 계산해버렸다.

4월의 밤공기는 꽤 서늘했다. 하지만 달아오른 볼의 열기를 식히기에는 적당했다. 내가 살 테니 간단하게 생맥주나 한 잔 더 하자고 했지만, 승우는 내일 출근해야 한다며 거절했다. 언제부터 네가 출근 걱정했냐고 핀잔을 주며 더 먹자고 했지만, 승우는 나이 먹었더니 술 마신 다음 날 아침이 너무 힘들다고 엄살을 부리며 제안을 끝내 뿌리쳤다.

정류장에 도착하니 승우가 타야 할 버스는 6분 후 도착 예정이어서 우리는 벤치에 앉아 기다렸다. 겨울이 지난 지 오래인데 벤치에 아직도 열선이 작동하고 있었다. 돈 낭비라는 생각이 들기도 했지만, 어쨌든 엉덩이가 따끈따끈하니 기분이 싫지는 않았다. 옆에 앉은 승우는 고개를 들어 하늘을 보고 있었다. 시선을 따라가니 가느다란 오렌지색 초승달이 검은 하늘에 박혀있었다.

　　점퍼 주머니에서 박하사탕을 꺼내 비닐을 벗겨 입에 넣은 승우가 나에게도 하나 권했다. 난 고개를 저으며 사양했다. 한 달째 금연 중이라는 승우는 사탕을 입에 달고 살았다. 그래서 살이 다시 찐 건지도 모르겠다. 담배를 피우는 것과 담배를 끊고 살이 찌는 것. 둘 중 무엇이 더 건강에 안 좋은 건지 생각해 보았지만 판단하긴 어려웠다. 담배를 피우고 싶었지만 금연 중인 친구 옆이라 어쩔 수 없이 참기로 했다.

　"소설은 잘 써져?"

　　나지막한 목소리로 승우가 물었다. 그러고는 입안의 사탕을 깨물어 씹었다. 난 고개만 천천히 저었다. 소설이 잘 써진 순간은 아마 단 한 순간도 없었던 것 같다. 언제나 괴롭고 힘들었을 뿐. 승우는 내 반응을 예상했다는 듯 고개를 주억거렸다.

"넌 어릴 적부터 나보다 공부도 잘하고 생긴 것도 곱상하니 멀쩡해서, 물론 가끔 성격이 조금 뭣 같을 때도 있긴 하지만, 어쨌든 뭘 해도 잘하겠지 싶었어. 그런데 갑자기 소설을 쓰겠다고 할 줄은 몰랐지."

"소설 쓰는 게 뭐 어때서."

수다스러운 편인 승우는 평소 같았으면 구독하는 유튜브 채널, 새로 시작한 모바일 게임, 좋아하는 아이돌그룹의 근황 이야기 같은 자신의 관심사를 쉴 새 없이 떠들었어야 했다. 그런데 오늘은 그런 얘기는 전혀 하지 않고 있다. 적어도 내 기억에 이런 적은 매우 드물다. 그래서 신기하면서도, 그게 왠지 나 때문이라고 생각하니 괜히 서글픈 기분이 들었다.

"뭐라고 하는 건 아니야. 네 인생인데 내가 뭐라고 할 순 없지. 그런데 그냥……, 요즘 들어 가끔 그런 걱정이 들어."

"무슨 걱정?"

"어느 순간 네가 사라지는 건 아닐까 하는 걱정. 아래로, 점점 더 낮은 곳으로 가라앉다가 영영 네가 올라오지 못하면 어쩌나……."

난 고개를 돌려 승우를 바라보았다.

"뭐래, 취했냐?"

승우가 날 보더니 싱겁게 웃었다. 아직도 발그레 달아오른 승우의 통통한 얼굴이 오늘따라 유독 더 촌스럽게 보였다. 그래서인지 더 정겹고도 애잔하게 보였다.

"그런가 보다."

승우의 웃음에 뭐가 웃긴지도 모르고 그냥 따라 웃었다. 웃다 보니 조금은 슬퍼지기도 했다.

역시 뭐가 슬픈지 알 수 없었다. 그때 승우가 타야 할 버스가 도착했다. 우리는 벤치에서 일어났고, 승우는 점퍼 주머니에서 봉투를 하나 꺼내더니 내게 던지듯 건넸다.

"살림에 보태라."

버스에 후다닥 올라탄 승우에게 뭐라고 할 틈도 없이 버스 문은 닫혔다. 버스 뒷자리에 앉은 승우를 계속 바라봤지만 승우는 내게 눈길도 주지 않았다. 버스가 떠난 뒤 봉투를 열어보았다. 누런색 오만 원짜리 지폐 두 장이 들어있었다. 미친놈, 돈도 없는 주제에. 난 다시 벤치에 앉았다. 엉덩이는 따끈했고, 살며시 불어오는 바람은 부드러우면서도 서늘했다. 마음속 한 부분이 울렁거리는 것 같았다. 그렇게 잠시 앉아 있는데 메시지가 왔다. 승우였다.

―그래도 반지하라 다행이야
　　　조금만 올라오면 지상이잖아

　고개를 들어 하늘을 보았다. 오렌지색 초승달은 여전히 그 자리였다. 아까보다 조금 더 노란색에 가까워진 듯도 했다. 난 승우에게 답문을 보냈다.

　　―취한 게 분명해
　　　조심히 가!

　벤치에서 일어났다. 울렁이는 속을 가라앉히려면 담배를 피워야 할 것 같았다. 구석진 곳으로 가 담배에 불을 붙이며 집에 들어가는 길에 캔맥주를 하나 사야겠다고 생각했다. 그리고 집에서 맥주를 마시며 뭐라도 써보기로 했다. 오늘 밤에는 어쩌면 소설이 잘 써질지도 모르겠다는 생각이 들었다.

*

　아침에 잠에서 깨 곧바로 창문을 여는 건 이 집에 이사 온 뒤 생긴 습관이다. 밤새 방안에 고인 퀴퀴한 공기를 환기하기 위해. 물론 창문을 연다고 냄새가 완전히 사라지진 않는다. 반지하의 냄새는 어떻게 해도 없앨 수 없다. 그저 희미하게 들어오는 바깥 공기로 조금이나마 희석할 뿐.
　책상 위 스킨답서스 화분은 며칠 사이 잎이 시들시들해진 느낌이다. 승우가 준 돈 중 일부만이라도 의미 없이 사라져 버리는 곳에 쓰고 싶지 않아 뭘 하면 좋을까 고민하다 시장 화원에서 데려온 녀석이다. 관리도 쉽고

음지에서도 잘 자란다고 했지만, 아무리 그렇다 해도 반지하에서 건강하게 자라긴 쉽지 않은 모양이다. 화분을 들어 창틀에 올려놓았다. 잠깐이라도 바람을 쐬면 그나마 좋지 않을까 싶어서.

며칠 전, 네가 준 돈으로 샀다고 화분 사진을 찍어 보냈더니 승우는 사도 꼭 그렇게 축 늘어진 걸 샀냐고, 시원시원하게 위로 쭉쭉 뻗어 올라가는 걸 사지 그랬냐고 역시나 잔소리를 했다. 난 흘러내리는 듯한 스킨답서스의 잎과 줄기를 손바닥으로 받쳐 들었다가 놓아 보았다. 잎과 줄기는 아래를 향해 손을 뻗듯 다시 늘어졌다. 난 어깨를 으쓱했다. 아래로 늘어진 게 뭐 어때서. 그게 잘 자라는 건데.

담배도 피우고 편의점에서 아침거리도 살 겸 집에서 나왔다. 지상으로 올라가기 위해 유난히

높고 가파른 세 칸의 계단을 오르자 1년 전 다친 왼 무릎이 살짝 찌릿했다. 통증이 느껴질 때마다 다쳤을 때 진즉 제대로 치료를 받아야 했나 후회되기도 하지만 이제 와 어쩔 수 없다. 골목길로 나오니 옅은 생선 비린내가 느껴졌다. 어디선가 생선을 구워 먹은 모양이다. 다닥다닥 집이 늘어선 좁은 골목길에서는 여기 사는 사람들이 무엇을 먹는지, 무엇 때문에 기뻐하고 무엇 때문에 악다구니를 쓰는지, 별로 알고 싶지 않은 것들까지 훤히 알게 된다.

    담배에 불을 붙이고 연기를 내뿜으며 바라본 하늘에는 회색 구름이 가득했다. 매주 목요일은 소설 창작 수업이 있는 날이라 다른 날보다 일기예보를 유심히 체크한다. 어젯밤 확인한 예보에서 강우 확률은 49퍼센트. 지금 다시 확인해 보니 달라지지 않았다. 50퍼센트보다 낮으면 우산을 챙겨야 하는 건지 고민스러웠다.

    담배를 거의 다 피웠을 무렵 골목길 끝에서 인기척이 느껴졌다. 한 할머니가 수레를 끌며 천천히 걸어오는 게 보였다. 할머니는 골목길을 이리저리 살피다가 버려져 있던 피자 상자를 집어 수레에 실었다. 지금 막 폐지를 주우러 나온 건지, 아니면 한참 돌아다녔지만 다른 사람에게 이미 선수를 빼앗긴 건지 수레에는 방금 넣은 피자 상자가 전부였다.

    언젠가 폐지를 일 킬로그램 주우면 백 원 정도 받는다고 들은 적 있다. 고작 백 원. 온종일 발에 물집이 잡히도록 돌아다녀도 만 원 벌기 쉽지 않다고 했다. 노동량 대비 수입이 너무 형편없는 것 같아 안타까워했는데, 그러다 문득 내가 쓰는 소설을 생각했다. 며칠, 몇 주, 또는 몇 달 동안 매달려 소설을 쓰는 나는 과연 얼마를

벌고 있을까? 과연 폐지 줍는 것보다 많이 벌고 있을까? 따져보니 그런 것 같지 않았고, 그래서 꽤 비참했다. 그때를 생각하며 뱉은 한숨이 담배 연기와 함께 허공에서 힘없이 흩어졌다.

    조금 더 가까이 다가온 할머니의 얼굴이 익숙했다. 골목 어귀의 편의점 앞 나무 데크에 매일 같이 옹기종기 앉아 있던 여러 할머니 중 한 분이었다. 평소 그들의 모습이 마치 양지에 모여 앉아 가만히 햇볕을 쬐는 길고양이 같다고 생각하며 보곤 했는데, 그들 중 유독 이 할머니의 얼굴이 익은 이유는 표정 때문이었다. 은은한 미소가 가득한 얼굴. 푸근하면서도 점잖아 보이는 그 미소가 꽤 인상적이었다. 오늘 자세히 보니 주름이 자글자글한 가는 눈매와 양쪽 꼬리가 살짝 올라간 얇은 입술이 자연스럽게 웃는 인상을 만들어 냈다.

어느새 내 앞까지 온 할머니가 나에게
안녕하세요, 인사를 하며 고개를 살짝 끄덕였다.
인사 한마디뿐이었지만 발성과 발음, 그리고
몸짓에서 예상과 달리 고상함이 묻어났다.
나는 몰래 담배를 피우다 들킨 학생처럼 서둘러
손에 들고 있던 꽁초를 몸 뒤로 숨겼다. 그리고
꾸벅 인사를 했다. 내 인사에 할머니 얼굴의
자글자글한 주름이 순간적으로 더 선명해지며
완연한 미소가 그려졌다. 그러고는 천천히 내
앞을 지나갔다. 난 할머니의 뒷모습을 보며
멀뚱히 서 있다가 꽁초를 하수구에 던져 버리고
편의점으로 향했다.

 S구 문화센터에서 걸어 나오는 발걸음이 다른
날보다 무거웠다. 평소에도 두 시간의 수업이
끝나면 지치곤 했지만, 오늘은 김 주임과의

대화가 내 마음을 더 무겁게 만들었다.

　수업이 끝난 후 강의실을 정리하고 나오는데 복도에서 나를 기다리는 김 주임과 마주쳤다. 그녀는 굉장히 조심스러운 말투로 소설 창작 수업을 이번 달까지만 운영하게 되었다고, 이제 곧 공고될 다음 달 프로그램에서 빠지게 되었다고 말했다. 사실 그리 놀랍진 않았다. 센터의 프로그램이 재조정될 예정이라는 풍문을 얼마 전 들었을 때, 어쩌면 내 수업이 폐지될 수도 있겠다고 생각했기 때문이다. 난 태연한 표정으로 아쉽지만 어쩔 수 없는 거 아니겠냐고, 덕분에 일 년 가까이 좋은 경험을 할 수 있어 감사했다고 말했다. 김 주임은 자신이 수강생 모집에 더 힘을 기울여야 했는데 그러지 못해서 죄송하다고 했다.

　"사람들이 에세이나 시 수업은 많이 찾는데, 소설은 그에 비해 조금……. 소설이 어렵다고 느끼는 건지."

표정과 목소리에서 진심이 느껴지는 안타까움과 미안함이 묻어났다. 그것만으로도 고맙고 위로가 됐다. 난 힘 없이 웃으며 답했다.

"아무래도 소설은 길이도 길고 뭔가 전문적으로 배워야만 할 것 같아서 더 부담스럽긴 하죠."

제가 조금 더 재밌고 쉽게 가르쳐야 했는데 그러질 못했네요, 라는 대답이 어쩌면 모범답안이었을지 모르지만 그렇게 말하지 못했다. 아니, 그러고 싶지 않았다. 소설을 재밌고 쉽게 가르친다는 게 과연 가능한 건가. 적어도 난 그럴 수 없을 것 같았다.

"그리고 무엇보다 요새 소설이 인기가 없잖아요. 사는 데 그다지 쓸모가 없으니까."

며칠 전 승우가 했던 얘기를 나도 모르게

내뱉었다. 농담처럼 웃으며 하긴 했지만 소설 쓰는 작가가, 소설 쓰기를 가르치는 강사가 할 얘기는 아닌 것 같아 아차 싶었다. 심란해 보이는 주임의 표정이 자못 신경 쓰였다. 그런가요, 라며 고개를 갸웃한 주임이 혼잣말처럼 말했다.

"쓸모없을지는 몰라도, 적어도 무해하잖아요. 그것만으로도 충분한데……."

그러고는 어딘가 쓸쓸해 보이는 미소를 지으며 내게 인사한 뒤 자리를 떠났다. 난 한참을 멍청히 서 있다가 겨우 발걸음을 옮겼다.

담배를 피우기 위해 센터 근처의 익숙한 장소로 갔다. 주차장으로 쓰이는 작은 공터인데 안쪽 구석으로 들어가면 사람들의 시선과 차단돼 괜히 마음이 편안했다. 자리를 잡고 가방에서 꺼낸 담뱃갑에 담배가 한 개비뿐이었다. 탄식에 가까운 신음을 내며 마지막 담배를 입에 물었다. 빈 담뱃갑을 구겨 바닥에 버리려는데 공터를 천천히 가로질러 가는 검은 고양이 한 마리가 보였다. 고양이는 담장 아래에서 몸을 웅크리더니 너무나도 가벼운 몸놀림으로 사뿐하게 담장 위로 뛰어올랐다. 담장 위에 자리를 잡은 고양이가 나를 발견하고 한참 바라보더니 관심 없다는 듯 몸을 둥그렇게 말고 눈을 감았다. 난 버리려던 담뱃갑을 조심스럽게 가방에 다시 넣었다.

    하늘의 구름은 오전보다 더 어두웠다. 바람에서도 희미한 비 냄새가 느껴지는 듯했다. 곧 비가 내린다 해도 이상하지 않을 날씨였다. 고민 끝에 우산을 가져오지 않았는데, 이대로 비가 내린다면 낭패였다. 비가 오기 전에 얼른 집에 들어가야 했지만 왠지 지금은 집에 들어가고 싶지 않았다. 방에 혼자 있어 봤자 기분만 더 우울해질 것 같았다. 그렇다고 딱히 시간을 보낼 곳이 있는 것도 아니었지만.

　이십 대 후반부터 이것저것 가리지 않고 했던 수많은 아르바이트 중에는 몸을 혹사하는 일이 많았다. 무거운 물건을 옮기거나 잠깐 앉을 새도 없이 쉬지 않고 몸을 움직여야 하는 그런 일들. 일을 마치고 나면 몸과 마음이 아프고 지치기 일쑤였지만, 그만큼 시급이 많았다. 그래서 버텼다. 하지만 작년 봄, 물류창고에서 짐을 옮기다 왼 무릎을 다친 이후로 몸 쓰는 일은 할 수 없게 되었다. 일을 구하는 데 어려움을 겪고 있을 때 내 사정을 알게 된 동료 소설가로부터 지역 주민 대상의 소설 창작 수업을 맡아보겠냐는 연락을 받았다. 보수는 솔직히 별로지만 적어도 몸에 무리 갈 일은 없다고 하면서. 난 고민할 것도 없이 바로 제안을 수락했다.

누군가에게 소설을 가르치는 일은 한 번은 꼭 해보고 싶던 일이었다. 정규 교육 과정이 아닌 사설 수업과 합평 모임을 통해 소설을 배운 내 경험을 사람들과 나누고 싶었다. 하지만 내 이력으로 그런 기회를 얻기는 어려웠다. 관계자들은 모두 전공자나 등단 작가를 원했다. 그들에게 난 일을 맡기기엔 전문성도 의심되고 명성도 부족한, 자격 미달인 사람이었다. 그렇기에 S구 문화센터의 일을 맡게 된 건 엄청난 행운이었다. 지인의 연결이 없었다면 결코 갖지 못할 기회였다. 그래서 그만큼 최선을 다해 준비했다. 소설을 처음 써보는 사람들이 부담 없이 흥미를 느낄 수 있도록. 수강생들도 내 수업에 곧잘 따라와 주었다. 그중 몇몇은 수업이 진행될수록 실력이 향상되는 게 뚜렷하게 보이기도 했고, 난 그들에게 더 많은 관심과 노력을 기울였다. 그들이 부디 자신만의 소설을 완성할 수 있길 바라며. 하지만 이러한 노력과 바람에도 불구하고 수업은, 그리고 수강생들과의 만남은 이제 곧 끝이다.

문화센터의 결정에 화가 나는 게 사실이지만 이해 안 가는 것도 아니다. 시나 에세이 같은 인기 많은 수업을 진즉 늘리고 싶었겠지. 단 한 번도 정원을 채운 적이 없는, 시간이 지날수록 수강생이 점점 줄어든 수업을 1년 가까이 유지했다는 것 자체가 어쩌면 고마워해야 할 일이다. 분명 김 주임이 그동안 여러모로 고생 많았을 것이다.

손에 든 담배꽁초를 신경질적으로 바닥에 던져 버리고 한 대 더 피우기 위해 무의식적으로 가방 안에 손을 넣었다. 구겨진 담뱃갑이 손에 닿았을 때 아까보다 더 크게 탄식 같은 신음을 내며 인상을 찡그렸다. 담배 파는 곳이 어디 있더라. 머릿속에 떠오른 편의점으로 가기 위해 가방을 고쳐 메고 공터를 빠져나왔다. 담장 위의 검은 고양이는 어느샌가 사라지고 없었다.

    냉장고에서 가져온 캔커피 한 개와 담배를 계산하려는데 직원이 캔커피는 원 플러스 원 상품이라 하나 더 가져오라 했다. 두 개나 필요하진 않았지만 공짜로 주는 걸 사양하기도 그래서 냉장고로 가 캔커피를 하나 더 꺼냈다. 다시 카운터로 돌아오니 한 여성이 담배를 사고 있었다.

    "카멜 레드 한 갑이요."

    난 반사적으로 고개를 들어 그녀의 얼굴을 바라보았다. 그리고 시선이 고정됐다. 내 시선을 느꼈는지 그녀도 고개를 돌려 나를 보았고, 곧 그녀의 얼굴에 놀라움과 반가움, 그리고 약간의 당혹스러움이 뒤섞인 표정이 떠올랐다.

"……무용 오빠?"

"수연……, 맞지?"

우리는 둘 다 어찌해야 할지 몰라 주뼛거리다 우선 계산을 마치고 함께 편의점 밖으로 나왔다. 오랜만이라고, 잘 지냈냐고 서로 뻔한 인사를 나누고 나자 어색한 정적이 흘렀다. 나는 머뭇거리다 수연에게 지금 시간 괜찮으면 같이 담배 한 대 피울까, 물었고 수연은 괜찮다고 했다. 우리는 근처 인적이 뜸한 골목길로 이동해 적당한 곳에 자리를 잡았다.

"여전하구나, 카멜."

수연에게 캔커피 하나를 건네며 말했다. 처음 수연에게 흥미가 생겼던 것도 카멜 때문이었다. 주변에 피우는 사람이 흔치 않은, 특히 여성들에겐 더더욱 드문 담배였으니까. 담뱃갑 포장을 벗기던 수연이 어깨를 으쓱하며 답했다.

"끊어야 하는데……."

수연의 담배에 불을 붙여주고 나도 불을 붙였다. 그리고 천천히 수연의 모습을 살폈다. 얼마 만이지? 삼 년? 지금 수연의 모습은 내 기억 속 모습과 많이 달랐다. 검은색 슬랙스와 재킷. 역시 검은색 굽이 낮은 가죽 구두. 몸집에 비해 너무 커다랗고 묵직해 보이는 숄더백. 등까지 내려오는 검은 생머리는 뒤로 가지런히 묶었고, 얼굴엔 화장이 옅지 않았다. 편안한 캐주얼 차림에 단발머리, 화장기 없던 얼굴의 예전과 비교하면 지금 수연은 완전히 다른 사람이었다. 거리에서 흔히 보는 평범한 직장인의 모습이었다. 다림질도 안 된 셔츠에 낡은 재킷을 걸친 후줄근한 나의 모습과는 완연히 달랐다. 하지만 얼핏 세련되고 고급스러워 보이는 수연의 외모가 무슨 이유인지 그리 자연스러워 보이진 않았다. 맞지 않는 옷을 어쩔 수 없이 입은 것처럼.

여긴 어쩐 일이냐고 수연이 물었다. 사는 곳이 여기 아니지 않았냐며. 난 근처 문화센터에서 소설 쓰는 걸 가르친다고 답했다. 이번 달까지만이야, 라는 말도 하려다 괜한 소리인 것 같아 그만두었다. 수연은 그렇구나, 라고 하면서 고개를 주억거리고는 담배 연기를 천천히 내뿜었다.

"오빠가 계속 소설 쓰고 있는 건 알고 있었어. 책 낸 것도 알고 있고."

"어떻게?"

"……어떻게? 그냥, 뭐, 검색해 봤던 것 같아."

수연의 말에 난 활짝 웃었다.

"너도 내 소식을 궁금해했는지 몰랐네."

말하고는 바로 후회했다. 딱히 궁금해서 검색한 게 아니었을지도 몰랐다. 그냥 살다 보니 어쩌다, 우연히 검색해 봤을 수도 있다. 사실 난 가끔 수연의 소식이 궁금했고, 인터넷과 SNS에 수연의 이름과 아이디를 검색해 보곤 했다. 그래서 수연이 날 검색해 봤다는 말이 반가워 '너도'라는 말을 해버리고 말았다. 몰래 한 행동을 들킨 것 같아 부끄러웠다. 수연은 신경 쓰지 않는 듯 별다른 말 없이 커피만 한 모금 마셨다. 나는 조금 멋쩍어져 어떻게 지내고 있는지 물었다. 수연은 작은 지갑에서 꺼낸 명함을 내게 건넸다. 명함엔 외국계 보험회사의 이름과 함께 '라이프 플래너 고수연'이라고 적혀 있었다.

"나 보험 팔아. 혹시 보험 필요하면 말해. 잘해 줄게. 실손부터 암보험, 생명보험 다 있어."

낮고 느릿느릿한 수연의 목소리가 순간적으로

높고 분명해졌다. 그녀의 옷차림만큼이나 어딘가 부자연스럽다고 느껴졌다. 언제부터 했냐고 물으니 이제 이 년 정도 됐다고 했다.

"낯가림도 심하던 애가……, 할만해?"

수연이 날 보더니 소리 없이 웃었다. 흐릿하고 가냘픈 웃음이었다.

"먹고살려면 해야지."

수연이 합평 모임을 그만두며 이제 소설을 쓰지 않겠다고 했던 날, 만류하는 내게 수연은 말했다. 가난이 지긋지긋해졌다고. 그때는 그 말을 받아들이지 못했다. 아니, 받아들이려 하지 않았다. 이제 지쳤다고, 조금 더 안정적인 삶을 살고 싶다고, 소설은 그 이후라고 말하는 수연을 그저 나약하다고만 여겼다. 나를 배신했다고 생각했다. 그래서 나도 잔인할 정도로 냉정하게 수연을 버렸다.

수연과 함께했을 땐 그녀를 사랑한다고 생각했다. 그런데 헤어진 후 생각해 보니 정말 그랬는지 의심스러웠다. 그저 나와 비슷한, 가난하고 궁상맞은 내 삶과 다르지 않은 누군가가 곁에 필요했다. 그래야지만 현실을 망각하고 내 삶이 괜찮다고 느낄 수, 아니 착각할 수 있었다. 수연을 이용했을 뿐이었다. 그 사실을 깨달았을 때 수연에게 미안했지만 이미 헤어진 후였다.

"혹시, 소설은 쓰니?"

조심스럽게 물어보는 나의 질문에 수연은 고개를 저었다. 그리고 두 개비째 담배를 물었다. 나도 커피를 한 모금 마시고 새로운 담배에 불을 붙였다. 하늘 저 멀리서 천둥소리가 낮게 울렸다. 고개를 들어 하늘을 바라보았지만 비가 내리지는 않았다.

"합평 모임 그만두고 단 한 줄도 안 썼어. 가끔

다시 써볼까 생각도 했는데……, 재희 오빠가 그렇게 되고 나니까 소설 쓰는 게 무슨 의미가 있나 싶더라."

 오랜만에 듣는 이름에 의아했다. 재희 형. 우러러봤던 존재이자 동시에 시샘했던 존재. 합평 모임 멤버 중 가장 실력이 뛰어났고 누구보다 소설에 진심이었던 사람. 그래서 비록 지방의 작은 신문사였지만 신춘문예 등단에 가장 먼저 성공한 사람. 언젠가 분명 소설가로 성공할 거라 믿었던 사람. 수연과 헤어진 후 얼마 안 있어 나도 합평 모임을 그만두었고, 이후 재희 형과 따로 연락하거나 소식을 들은 적은 없었다.

 "재희 형? 재희 형이 뭐?"

 내 질문에 수연은 놀란 표정으로 소식 못 들었냐고 되물었다. 순간 불안한 기운이 느껴졌고 난 마른 입술을 혀로 적시며 모른다고, 도대체 뭐냐고 수연을 다그쳤다. 담배 연기를 깊게 빨아들인 수연이 손가락으로 담뱃재를 털어내며 말했다.

"죽었잖아."

간단명료한 수연의 대답은 내게 왜 그것도 모르고 있냐고 꾸짖는 듯했다. 그대로 표정이 굳은 채 아무 말도 하지 못했다. 짧은 순간이었을 텐데 꽤 오랫동안 얼어 붙어있던 것처럼 느껴졌다. 하늘에서 다시 천둥이 울렸다. 아까보다 조금 더 크고 길게. 수연에게 질문을 쏟았다.

"언제? 어쩌다가?"

"자살. 한강에 몸을 던져서."

"아니, 도대체 왜……. 우리 중에서 가장……."

말을 제대로 이을 수 없었다. 당황한 표정으로 수연을 바라볼 뿐이었다. 그때 하늘에서 굵은

빗방울이 떨어지기 시작했다. 후드득 소리와 함께 땅바닥에 검은 물 자국이 점점 번져나갔다. 수연은 가방에서 작은 우산을 꺼내 펼쳤다. 멀뚱히 서서 비를 맞고 있는 나를 보더니 우산 없냐고 물었다. 나는 고개를 끄덕였다. 수연은 다시 커다란 가방을 뒤져 길쭉한 종이 상자를 꺼냈다. 그러고는 상자를 열어 비닐 포장이 된 이단 우산을 내게 건넸다.

"이거 써. 판촉용으로 나오는 거야."

비닐을 벗기고 버튼을 누르니 우산이 경쾌한 소리를 내며 펴졌다. 고급스러워 보이는 짙은 파란색 우산에 보험사 로고와 이름이 큼지막하게 새겨져 있었다. 수연은 재희 형의 이야기를 이어서 했다.

"나도 자세히 아는 건 아닌데, 생활고 때문에 힘들어했다고 하더라. 그 오빠도 죽어라 소설만

썼지 제대로 돈을 벌진 않았잖아."

"등단했으면 데뷔도 하고 돈도 벌고, 뭐 그랬던 거 아니야?"

수연은 고개를 살짝 기울였다. 허공을 응시하는 그녀의 눈빛이 내게 순진한 소리, 멍청한 소리라고 말하는 것처럼 느껴졌다.

"그게 그렇지 않았나 봐. 그래서 더 이름 있는 공모전을 준비했는데, 그것도 잘 안됐던 것 같고. 그게 스트레스였는지 우울증도 심했다고 하더라. 결국 이도 저도 견디지 못하고……."

주위가 번쩍번쩍하더니 잠시 후 천둥이 크게 울렸다. 하늘이 초저녁처럼 어두워졌다. 더욱 굵어진 빗줄기가 한여름 폭우처럼 내렸다. 우리는 주변 건물의 처마 아래로 자리를 옮겼다. 바지 밑단은 이미 흠뻑 젖었고, 신발 안으로도 빗물이 스며들었다. 수연은 전화기로 시간을 확인했다.

하늘을 보고 난처한 표정을 짓더니 이제 가봐야겠다고 했다. 고객을 만나러 가야 한다며. 비가 잦아들면 가라고 했지만 정해진 시간이 있어 지금 출발해야 한다고 했다.

"오랜만에 만나 반가웠어. 커피도 잘 마셨고."

인사를 한 수연이 나를 물끄러미 바라보았다. 그러더니 오른손을 뻗어 내 셔츠의 옷깃 부근을 매만져 주었다.

"구겨진 옷 그대로 입고 다니는 건 여전하네. 가르친다는 사람이 이러고 다니면 어떡해."

난 고개를 숙여 내 옷차림을 살펴봤다. 내 모습이 사람들에게 어떻게 보일지 신경 쓴 적은 없었다. 타인의 시선에 무신경해서라기보다는 괜찮게 사는 것처럼 보이려는 노력을 포기한 것에 가까웠다. 수연은 뒤로 한 걸음 물러선 뒤 다시 내리는 비를 향해 시선을 돌리며 말했다.

"오빠가 어떻게 사는지 정확히 알 수는 없지만, 그래도 짐작은 가."

거센 빗소리, 여기저기서 울리는 차량 경적 소리, 그리고 멀리서 들려오는 사이렌 소리에 주위는 소란스러웠다. 하지만 수연의 작은 목소리는 오히려 처음보다 또렷하게 들렸다. 뭔가 망설이는 것 같던 수연이 나지막하게 나를 불렀다. 그러고는 조심스럽게 입을 열었다.

"오빠도 삶을 챙겨. 사는 게 먼저고, 소설은 그다음이야."

처마 아래에서 빗속으로 한 걸음 나간 수연이 나를 향해 몸을 돌렸다. 떨어지는 빗줄기 사이로 보이는 수연의 눈빛이 따듯하고도 애처로웠다.

"……정말 그럴까?"

"적어도 난 그래. 재희 오빠도 그래야 했고."

수연은 내게 손을 흔들고 뒤돌아 걸어갔다.

난 다급하게 수연을 불렀다. 뭐라도 더 이야기를
나누고 싶었다. 내 삶에 대해, 아니면 수연의
삶에 대해, 그것도 아니면 이미 떠난 사람에 대해.
하지만 그게 무슨 소용일까. 왠지 모두 쓸모없는
이야기처럼 느껴졌다. 걸음을 멈추고 몸을 돌린
수연을 향해 싱겁게 웃으며 아니라고, 조심히
가라고 했다. 수연은 잠시 날 바라보다 나중에 또
봐, 말하곤 다시 뒤돌아 갔다. 난 손에 쥐고 있던
수연의 명함을 물끄러미 보다가 가방에 넣었다.

    수연의 뒷모습이 시야에서 사라지고 담배 한
개비를 입에 물었다. 하지만 불을 붙이진 않았다.
눈앞에 재희 형이 아른거렸다. 착한 형이었는데.
소설밖에 모르던 바보 같은 형이었는데. 그런
재희 형은 등단 이후 전혀 달라지지 않는,
오히려 더 나빠진 자신의 삶을 보며 어떤 생각을
했을까? 억울했을까, 후회했을까, 아니면

모든 게 부질없다고 느꼈을까. 끝내 다리 위에 섰던 마지막 그 순간, 재희 형의 눈에 비친 건 무엇이었을까.

처마 끝에서 쉼 없이 떨어지는 빗물을 멍하니 보다가 문득 생각나 은행 앱을 열어 계좌 잔액을 확인했다. 삼십만 이천삼백이십팔 원. 현재 나의 전 재산. 예금도, 적금도 없고 보험도 하나 없는 삶. 실소와 함께 한숨이 나왔다. 소설을 쓰며 살자고 결심했을 때 난 어떤 삶을 기대했지? 그렇게 대단한 삶을 바라진 않았던 것 같은데. 지금 내 삶은, 괜찮은 건가?

물고 있던 담배를 다시 담뱃갑에 넣으며 이것도 이제 끊어야지 생각했다. 하지만 차마 버리진 못하고 가방에 넣었다. 처마 밑에서 나와 버스정류장으로 향하는 거리 여기저기에 물웅덩이가 있었다. 하지만 굳이 피하지 않고 이미 젖은 신발로 웅덩이를 가로질렀다. 첨벙첨벙. 걸을 때마다 웅덩이의 표면이 깨진 거울처럼 일그러졌다.

*

　버스에서 내렸을 때 비는 완전히 그친 상태였다. 하늘엔 여전히 구름이 가득했지만 아까보다 가벼워 보였다. 군데군데 구름 사이로 해 질 녘의 부드러운 파란 하늘이 드러나기도 했다. 공기는 차갑고도 산뜻했다. 하지만 집으로 향하는 발걸음과 마음은 한없이 무겁고 우울했다.
　그렇게 맥없이 걷다가 동네에 즐비한 반지하 집들이 눈에 들어온 순간 갑작스레 떠올랐다. 내가 창문을 닫고 나왔던가? 곰곰이 생각해 보았는데 창문을 닫은 기억이 없다. 매일

버릇처럼 창문을 열고 닫았으니 오늘도 분명 그러지 않았을까 싶었지만 확실치 않았다. 오늘 같은 비에 창문이 열려 있었다면 방이 엉망이 되어 버렸을 텐데. 가슴이 두근거리기 시작했고 걸음은 급해졌다. 질척거리는 신발은 신경조차 쓰이지 않았다. 몇 개의 골목을 지나 마침내 시야에 집이 들어왔을 때 난 외마디 탄식과 함께 욕을 뱉었다. 창문은 활짝 열린 채였다.

    집에 들어가니 예상대로였다. 책상 위에 널려있던 책과 원고, 메모지는 흠뻑 젖었고, 벽을 타고 흐른 빗물에 벽지도 우글우글했다. 젖은 벽지 위로 검푸른 곰팡이가 작은 점처럼 모습을 드러냈다. 바닥에도 빗물이 흥건했다. 화장실에서 수건을 가져와 바닥의 물기를 닦아내고 책상 밑에 처박아 둔 묵직한 종이 상자를 끄집어냈다. 벽에 붙여놓았던 상자는 벽을 타고 흘러내린 빗물에 완전히 젖은 상태였다. 불안한 마음으로 상자를 열었다. 상자 안 가득한 나의 첫 소설책들은 모두 물기를 머금어 축축했다. 나머지 상자도 마찬가지였다. 나도 모르게 아까보다 더 큰 탄식과 욕을 뱉으며 바닥에 주저앉았다.

    이 년 전, 완성된 작품을 한 출판사에 투고했지만 연락은 없었다. 다른 출판사에도 해보았지만 마찬가지였다. 그렇게 여러 번 투고를 반복한 끝에 마침내 한 출판사가 내게 출간을 제안했다. 단, 조건이 있었다. 출간된 책의 일정량을 내가 사야 한다는 조건이었다. 부당하다는 생각이 들었지만, 당시 내겐 책이 나오는 게 더 중요했다. 그래서 거의 인쇄비에 달하는 돈을 출판사에 냈고, 그렇게 출간된 내 책을 백 권 넘게 받았다. 두 상자 가득 담긴 책을 보며 처음엔 기쁘고 뿌듯했다. 어쨌든 첫 작품집도 내고 진짜 소설가가 된 것 같은 기분이었으니까. 하지만 그게 전부였다. 출간했다고 달라진 건 없었다. 평소와 다르지 않은 날들이 반복됐고, 알아주는 사람은 없었다. 출간 초기에는 그나마 가끔 한두 권 팔리는 것 같던 책도 지인들의 구매가 사라지자 전혀 팔리지 않았다. 결국 아무 일도 없었던 것처럼 출간은 조용히 잊혀졌다. 내 돈 주고 산 책들은 애물단지가 되어 상자째 이리저리 옮겨 다니며 먼지만 쌓였고, 오늘 이렇게 비에 젖어 못 쓰게 되고 말았다.

    허탈한 기분으로 벽에 기대니 방의 풍경이 눈에 들어왔다. 책상과 의자 외에 변변한 가구라곤 없는 창고 같은 방. 자질구레한 물품을 담아 구석에 되는대로 쌓아 놓은 상자들. 언제 고장 나도 이상하지 않은 오래된 냉장고와

전자레인지, 전기 주전자. 낡고 촌스러운 옷들. 그리고, 비에 젖은 소설책. 아무도 읽지 않는, 아무런 쓸모없는 소설책.

　두 손바닥으로 얼굴을 감싸 쥐었다. 도대체 난 지금 왜 이렇게 살고 있나. 지금껏 더 나은 삶을 위해 노력한 적 있었나. 소설을 쓴다는 핑계로 볼품없고 초라한 내 삶에 면죄부를 준 건 아니었나. 눈을 감았더니 누나가 떠올랐다. 미안해, 누나. 나도 이렇게 살려고 했던 건 아니었어. 어쩌면 난 누나의 죽음을 멋대로 오해했나 봐. 누나도 분명 두려웠을 텐데. 지금 내 꼴이 누나에겐 모욕처럼 느껴질지도 모르겠다.

　눈을 떴다. 더 감고 있다간 헤어 나오지 못할 깊은 어둠으로 빠질 것만 같았다. 거의 누울 듯 비스듬히 벽에 기대니 아침에 창틀에 올려놓은 스킨답서스가 보였다. 아래로 늘어진 초록 잎에

동그란 물방울이 맺혀있었다. 녀석은 오랜만에 비를 맞아서 좋았으려나. 천천히 시선을 옮겼다. 화분 뒤로 가녀린 방범창, 그 뒤로 건너편 건물들, 그리고 건물 사이로 보이는 가느다란 하늘. 해가 지며 노을이 물든 옅은 주홍빛 하늘이었다. 비가 내려 공기가 투명해져서인지 하늘빛이 무척 선명했다. 그러고 보니 이 방에서 저만큼이나마 하늘이 보인다는 사실을 이제야 깨달았다. 시점이 바닥에 가까워지니 보이는 풍경이었다. 점점 붉은빛이 짙어지는 하늘 조각을 한참 바라보다 누나와 재희 형을 떠올렸다. 마지막 순간, 그들은 혹시 고개를 들어보았을까. 매어 놓은 줄을 마주한 누나도, 다리 위에 선 재희 형도 시선을 떨군 채 아래만을 바라보지 않았을까. 저렇게 아름다운 하늘을 차마 바라보진 못했겠지. 본다면, 분명 계속 보고 싶어졌을 테니까.

밤새 제대로 잠들 수 없었다. 선잠을 들었다 깨기를 반복하며 수없이 뒤척거렸다. 귓가에서 조금 더 나은 삶을 살라는 승우의 말이, 삶을 챙기라는 수연의 말이 끊이지 않는 돌림노래처럼 계속 울려댔다. 그러려면 어떻게 해야 하지? 소설 쓰는 걸 그만둬야 하나? 답은 어디서도 들리지 않았다. 결국 어슴푸레한 새벽녘 빛이 창문으로 스며들 때쯤 잠들기를 포기하고 일어났다. 이불에서 나와 창문을 열었더니 차가운 바깥 공기가 한꺼번에 쏟아지듯 방으로 들어왔다. 몸을 숙여 방범창 사이로 위를 올려 보았다. 희붐한 하늘이 보였다.

　어수선한 마음으로 멍하니 서 있다가 청소를 시작했다. 왠지 그래야 할 것 같았다. 책상 위에 널브러진 쭈글쭈글해진 원고와 잉크가 번진

메모지를 모두 버리고 방 구석구석도 쓸었다. 평소엔 잘 하지 않는 걸레질까지 꼼꼼하게 했다. 상자 가득한 내 소설책은 어떻게 해야 하나 고민하다 마땅한 방법이 떠오르지 않아 우선 그대로 두었다.

    구석에 쌓아 놓은 상자들도 확인해 필요 없는 것들은 이참에 전부 버리자고 마음먹었다. 하나하나 열어보며 일반 쓰레기와 재활용, 폐지로 구분하여 버릴 것을 정리하던 중 한 상자에서 서른 살 초반 한창 열정적으로 소설을 쓰던 때 애지중지 작성했던 아이디어 노트를 발견했다. 표지에 은하수와 흰수염고래가 그려진 노트는 수연이 준 선물이었다. 반짝이는 아이디어로 꼭 멋진 소설을 쓰라고. 그땐 나도, 그리고 수연도 우리가 금방 그렇게 근사한 소설을 쓰고 그럴듯한 소설가가 될 수 있을 거라 믿었다.

노트를 한 장 한 장 넘기다 어느 한 페이지에서 멈췄다. 그곳엔 일기처럼 그날 있었던 일을 써놓은 메모가 있었다.

 오늘, 신춘문예에 당선된 재희 형을 축하하며 장난처럼 말했다. "형, 나중에 유명한 작가 되면 모른 척하지 말고 나 챙겨줘야 해요, 꼭!" 형은 부끄러워하면서도 어느 때보다 자신 있는 표정으로 말했다. "그럼, 당연히 그래야지." 옆에 있던 수연이 말했다. 우리 다 유명해져서 책도 같이 내고 그러면 좋겠다고.

 장난 같던 순간. 하지만 분명 모두 진심이었던 순간. 언젠가 미래의 증명이 될 순간.

한참을 보다가 코끝이 시큰해져 노트를 덮었다. 그때의 재희 형도, 그때의 수연도, 그리고 어쩌면 그때의 나도 지금은 없다. 이제는 아무

증명도 못하는 쓸모없는 과거의 착각만이 남았다. 난 잠시 망설이다 폐지 상자에 노트를 넣었다.

　쓰레기 봉지와 폐지 상자를 내놓은 뒤 무심코 골목길을 바라보았다. 평소에는 관심도 없었던 부지런히 골목길을 오가는 사람들이 눈에 들어왔다. 잠이 덜 깬 표정으로 출근하는 직장인, 깔깔거리며 학교에 가는 학생들, 작고 귀여운 아이의 손을 잡고 등원시키는 엄마. 나와는 다른 삶을 사는 사람들. 문득 내가 저들과 외떨어진 섬 같다고 느껴졌다. 어디와도 연결되지 못한 외롭고 고독한 섬. 바다 아래로 점점 가라앉아 언젠가 사라져 버릴지도 모를 섬. 아직은 사라지고 싶지 않은데. 하늘을 더 바라보고 싶은데.
　승우에게 전화를 걸었다. 한창 출근 준비 중이라 정신없는지 아침부터 왜 전화질이냐고 조금 신경질적으로 전화를 받는 녀석에게 웃으며 인사를 했다. 굿모닝. 스피커폰으로 통화 중인지 수화기 너머로 욕을 중얼거리는 승우의 목소리가 멀게 들렸다. 난 용건을 말했다.

"야, 너희 회사 아직 사람 뽑아?"

또 멀리서 들리는 승우의 답. 응, 뽑지. 난 헛기침을 한 뒤 말했다.

"그럼 나 얘기 좀 해 줘라."

잠시 후 전화기를 들었는지 또렷한 승우의 목소리가 들렸다.

"너 우리 회사에 취업한다고?"

"응, 뽑아만 주면."

내 대답에 승우는 갑자기 뭔 일 있냐고 물었다. 난 잠시 뜸을 들이다 별일 없다고 했다. 그러자 승우는 큰 소리로 웃었다. 뭐가 웃긴지 알 수 없었다. 웃음을 멈춘 승우가 물었다.

"그럼, 소설은?"

"소설은……."

나도 모르게 시선이 폐지 상자 속 아이디어 노트로 향했다. 사실 노트를 버릴 때만 해도, 승우에게 전화 걸 때만 해도 이제 소설은 그만 쓰자고 다짐했다. 나중에, 적어도 내 삶을 책임질 수 있을 때가 되면 그때 다시 쓰자고. 그런데 혼란스러웠다. 그게 맞는 건가? 과연 내가 당장 소설을 그만 쓸 수 있을까? 난 상자에서 노트를 꺼내 들었다.

"……몰라, 인마."

승우는 더 묻지 않았다. 그저 알겠다고, 오늘 회사에 말해보겠다고, 필요한 서류들이 있을 텐데 알아보고 알려주겠다고 했다. 그때 어제 만났던 할머니가 수레를 끌고 걸어오는 모습이 보였다. 난 승우에게 다시 연락하자고 하며 급하게 전화를 끊었다. 가까이 온 할머니의 수레는 오늘도 빈 상태였다. 안녕하세요. 오늘은 내가 먼저 할머니에게 인사했다. 할머니도 변함없이 웃는 인상으로 내 인사를 받아주었다. 난 바닥에 내려놓은 상자를 가리키며 할머니에게 가져가시라고 했다. 상자를 본 할머니의 얼굴에 화색이 돌았다.

"오늘은 아침부터 운이 좋네요. 감사합니다."

수레에 상자를 옮기는 모습을 지켜보다가 할머니에게 잠시만 기다려 달라 하고 서둘러 계단을 내려가 집으로 들어갔다. 노트는 책상 위에 올려놓고 내 소설책이 든 상자를 들었다. 한 번에 두 상자는 너무 무거워 한 상자씩 옮겼다. 계단을 오르내릴 때마다 왼무릎이 시큰거렸지만 개의치 않았다.

"할머니, 이것도 가져가세요."

갑작스럽게 많은 폐지를 얻게 된 할머니는 얼떨떨해했다. 상자에서 책 한 권을 집어 훑어보더니 새 책 같은데 버리는 거냐고 물었다.

"이제 쓸모가 없거든요."

대답하는데 마음속 한구석이 저릿했다. 하지만 괜찮았다. 슬프거나 하진 않았다. 어쩌면 처음부터 쓸모없는 책이었을지도 몰랐다. 할머니는 책 표지를 넘겨 작가 소개에 있는 내 사진과 나를 번갈아 보더니 공손하게 물었다.

"혹시, 제가 읽어 봐도 괜찮을까요?"

할머니의 질문에 괜히 울컥해서 바로 답하지 못했다. 할머니 손에 들린 책을 바라보다 겨우 답했다.

"그럼요. 할머니에게 도움이 될 것 같다면 얼마든지요."

"예전엔 참 좋아했는데……."

할머니는 소설을 읽어 본지 너무 오래됐다고 하며 고맙다고 했다. 할머니의 웃는 주름이 더욱 크고 깊어졌다. 할머니의 수레에 책을 싣고 무거운데 끌고 가실 수 있겠냐고 물으니 천천히 가면 된다고 했다. 수레에 실린 상자가 시야에서 사라질 때까지 난 한참 동안 우두커니 서 있었다.

뭔가 허전해진 듯한 방에서 스킨답서스 화분이 눈에 들어왔다. 마음이 살짝 흔들린 끝에 화분을 들고 밖으로 나가 창문 앞에 두었다. 아무래도 이 녀석에겐 반지하 방보다 바깥이 더 좋을 것 같았다. 여기서 바람과 비를 맘껏 누리면 적어도 죽지는 않을 테니까.

다시 방으로 들어와 창문으로 보이는 스킨답서스를 가만히 응시하다 전화기를 들어 카메라를 켰다. 스킨답서스와 하늘이 함께 나오게

구도를 잡고 사진을 찍었다. 그리고 승우에게
보낼 메시지를 적었다.

　—더 가라앉진 않을게
　　나도 무덤은 별로

메시지를 적는 동안 한쪽 입꼬리가 슬며시
올라간 게 느껴졌다. 사진과 함께 메시지를
승우에게 보냈다.

책상 위에 올려놓았던 아이디어 노트를
들었다. 손끝으로 표지를 어루만지다 어제
수연에게 받은 우산과 함께 창틀 위에 올려놓고
승우에게 보낸 것과 동일한 구도로 사진을
찍었다. 그리고 가방을 뒤져 수연의 명함을
꺼냈다. 잠깐 망설였지만 결국 수연의 번호로
사진을 보냈다. 따로 메시지는 보내지 않았다.

답장이 안 온다 해도 어쩔 수 없지만, 수연이 어떤 말이라도 보내주었으면 했다. 만약 답장이 온다면 수연과 한 번 더 만나고 싶었다. 그리고 오랫동안 천천히, 낮은 목소리로 이야기를 나누고 싶었다. 단지 우리의 이야기를. 비록 쓸모없을지 몰라도.

작가의 말

지난해 6월 네 번째 소설집을 발표하고 새로운 소설을 완성하기까지 시간이 꽤 오래 걸렸습니다. 지금껏 소설을 쉽게 쓴 적은 단 한 번도 없었지만, 지난 1년은 유독 어려움을 겪었던 것 같아요. 여러 이유가 있겠지만 무슨 말을 한다 해도 변명이 될 것이기에 그저 말을 아끼고 조금 더 부지런해지자고 다짐합니다.

요새 전보다 더 자주 소설을 쓰는 이유에 대해 생각하곤 합니다. 책을 만들고 독자를 만나는 삶의 의미는 과연 무엇인지 고민도 늘었고요. 아마도 제가 작년부터 온전히 소설을 쓰고 책을 만드는 삶을 시작했기 때문에 그러겠지요.

사실, 아직 선명한 이유와 의미를 찾진 못했습니다. 그건 마치 짙은 안개 속에서 바라보는 풍경처럼 아득하기만 합니다. 이 짧은 소설은 그렇게 희미하게 바라본 것들을 제 나름대로 기록한 결과물입니다. 그래서 불분명할 수도 있고, 어쩌면 틀렸을지도 모릅니다. 누군가 보기에 모자처럼 보일 수도 있고, 누군가 보기엔 코끼리를 삼킨 보아뱀처럼 보일 수도 있을 거예요. 하지만 그 모호한 기록이 지금의 제 위치와 상황을 증명한다면, 그것만으로도 충분히 의미가 있지 않을까 생각합니다. 부디 여러분에게도 여러분만의 의미로 전달되었기를 바랍니다.

    이 지면을 빌려, 외롭고 힘든 시간을 어떻게든 통과해 완성까지 도달할 수 있게끔 응원과 격려를 보내 준 분들께 감사 인사를 전합니다. 그리고 언제나 저를 믿어주고 지지해 주는 가족과 아내에게 사랑의 마음을 전합니다.

2025년 여름

주얼 드림

작가 인터뷰

Q. 작가님의 이전 작품 중에서도 화자가 소설가인 작품이 있었지요. 그때의 화자는 일본의 한 출판사에서 출간 제안을 받기도 하고, (현실인지 환상인지 모호하지만) 무라카미 하루키에게 "당신의 소설을 좋아합니다"라는 말을 듣기도 했던 것으로 기억합니다. 믿고 싶은 이야기를 믿는 인물이었지요. 반면 이번 소설의 화자는 다른 현실에 처해 있어요. 가족과 친구, 전 연인 등 주변 사람들 모두가 '무용'이 선택한 삶을 지지하기보다는 질타와 회유를 번갈아 건넵니다. '무용' 역시 자신의 존재 방식에 끊임없이 의문을 제기하고요. 이처럼 달라진 화자의 내면은 작가님이 현실에서 겪고 있는 문제들과도 크고 작게 연결이 되어 있을까요? 비슷한 듯 서로 다른 화자의 모습을 통해 작가님이 표현하고자 하는 바가 있었다면 무엇일까요?

A. 작년에 발표했던 소설에서 저는 소설가를 등장시켜 불안과 의심을 극복하고 자신의 길을 가게 만드는 '믿음'에 관해 얘기했습니다. 그 믿음을 공고히 하는 과정에 일종의 '판타지'를 부여했어요. 환상에 기대 굴하지 않고 믿음을 지키며 앞으로 나아가는 인물을 보여주었죠.

이번 소설의 주인공 무용은 아직 믿음이 없습니다. 안타깝게도 집도 없고, 돈도 없죠. 소설도 영 시원찮은 모양입니다. 그런 그에게 '판타지' 따위는 없습니다. 그저 녹록치 않은 실제 현실을 살아갈 뿐이에요. 그렇기에 꺾이기도 하고, 적당히 타협하기도 합니다.

어쩌면 저도 이제 작가로서 '판타지'의 세계(이건 어쩌면 무지無知의 세계일 수도 있습니다)에서 벗어나 '현실'에 발을 디딘 것 같아요. 소설을 쓴다는 게, 책을 만든다는 게, 그리고 그렇게 살아간다는 게 그렇게 낭만적이지만은 않다는 걸, 가혹할 정도로 냉정하다는 걸 절절하게 느끼고 있죠. 현실을 외면한 채 이상만을 좇을 수 없다는 걸 깨달았습니다.

저의 이러한 현실 자각이 소설에 드러났을 거예요. 소설가가 주인공인 이상 그건 어쩔 수 없습니다(그렇다고 저의 자전적 소설은 아닙니다). 그래도 비관을 말하고 싶진 않았어요. 그저 우리가 바라는 그 '무엇'들(무용에겐 소설과 안정된 삶이었겠죠)이 우리의 기대보다 쉽게 찾아오지 않을지도 모른다는 얘기를, 생각보다 시간이 더 걸린다는 얘기를 하고 싶었던 것 같아요.

Q. 『반지하와 스킨답서스』는 '무용'과 '쓸모'의 반복을 통해 현대 사회에서 예술이 갖는 가치와 생존의 문제를 현실적이고도 냉소적인 시선으로 그려냅니다. 한 명의 작가가 겪게 되는 고립감과 무력감이 사실적으로 펼쳐지는데요. '실존적 가난과 무력감에 맞선 한 소설가의 내면 탐사'로 읽을 수도 있겠지만, 또 한편으로는 '살아남는 것과 쓰는 것 사이에서 간극을 좁혀가는 이야기'로 읽히기도 했습니다. 작가님이 좀 더 힘을 주어 전하고 싶었던 부분은 어떤 측면이었을까요?

A. 소설 속 무용은 부모님의 지원도 중단되고, 집은 반지하로 이사하고, 그나마 고정적인 일자리였던 소설 쓰기 강의도 끊기는 상황에 놓이게 됩니다. 너무 가혹한 거 아닌가 싶은 구렁텅이에 인물을 빠뜨렸는데요. 이러한 상황에서 무용의 선택지는 크게 두 가지입니다. 소설을 포기하고 삶을 챙기거나, 끝까지 꿋꿋하게 소설을 쓰거나.

무용은 분명 전자를 선택했어요. 물론 소설을 완전히 버린 건 아니지만, 그에겐 우선 더 가라앉지 않는 게 중요하죠. 사실 무용은 그리 투쟁적이지도, 열정적이지도 않아요. 오히려 우유부단하고 자신감이 부족해 보이죠. 제가 무용에 대해 그리고 싶었던 건 한 인간의 아주 미묘하고 느린 변화와 성장입니다. 그러한 변화와 성장이 차곡차곡 쌓였을 때 무용은

'살아남는 것과 쓰는 것 사이의 간극을 좁힐' 수도 있을 거예요. 하지만 그 시기는 아마도 우리의 기대보다 더 멀지 않을까 싶습니다. 우리의 삶이 보통 그렇듯 말이죠.

Q. 이 소설에서 '승우'는 소설가가 마주하게 되는 수많은 '현실의 목소리'를 대변하는 것 같습니다. 예를 들어 "하고 싶은 거 하면서 편하게 사는 것도 좋지만"(21쪽)이라는 말은 '작가의 삶'을 바라보는 세상의 납작한 편견을 떠올리게 해요. 또 "사람들이 왜 소설을 안 읽는지 아느냐"면서 "쓸모가 없으니까 안 읽는 거야. (……) 먹고살기 바쁜데, 더 빨리 더 많이 벌어야 하는데 누가 소설을 읽겠어. 읽어봤자 도움도 안 되는데."(19~20쪽)라고도 하는데요. 이런 말은 소설을 좋아하는 사람으로서 반박하고 싶은 말이기도 했습니다. 그 말인즉슨 승우의 말이 독자에게 이런 질문을 던진다는 거겠지요. 소설이란 무엇인가. 문학은 무용한가.

작가님은 현실에서 이와 비슷한 말을 듣는다면 웃고 넘기시는 편인가요, 아니면 받아치는 편이신가요? 소설 속 술자리에 계셨다면 뭐라고 이야기하셨을지 궁금합니다.

A. 저는 요즘 글을 쓰고 문학을 사랑하는 이들을 종종 만나는데, 그들과는 아마 문학의 효용에 대해 끝없이 즐겁게 토론할 수 있을 것 같아요. 하지만 애석하게도 제가 만나는 사람 중에는 문학에 별 관심이 없는 사람들이 더 많은 게 사실인 것 같습니다. 싫어하는 것이 아닌 정말 말 그대로 '관심이 없는' 거죠. 그래서 당연히 문학의 효용에 대해서도 아무런 관심이 없고, 아예 그런 대화 자체를 안 합니다. 현실에서 승우처럼 말하는 사람을 만난다면 저는 오히려 더 반가울 것 같아요. 그래도 이 사람은 문학이란 무엇인가에 대해 생각하는 사람일지도 모르겠구나, 하고요.(물론 그냥 아무 생각 없이 말하는 경우도 있겠지만요.)

만약 그런 말을 듣는다면 제가 먼저 나서서 반박하고 진지한 논쟁을 벌일 생각은 없습니다.

그 정도로 말주변이 좋지 못하기도 하거니와 사람의 생각(또는 가치관)이란 게 그렇게 쉽게 바뀌지 않는다고 개인적으로 생각하기 때문이죠. 그저 상대방이 어느 순간(어쩌면 마법 같은 순간)을 통해 자연스럽게 문학의 유용함을 깨달았으면 좋겠다고 소심하게 희망할 뿐입니다. 만약 그 순간에 제 소설이 함께 한다면 더할 나위 없이 기쁠 것 같고요.

그나저나 질문 내용만 보면 승우가 너무 편협하고 냉정한 인물처럼 보일 수도 있는데, 그렇지 않답니다. 누구보다 속이 깊고 무용을 아끼는 친구예요.(미워하지 말아 주세요.)

Q. 이 소설에서 소설을 썼거나 쓰고 있는 사람은 '무용'과, '수연', '재희' 세 사람입니다. 재희는 소설을 쓰다 삶을 등진 사람, 수연은 삶을 택하고 소설을 등진 인물이지요. 무용은 소설과 삶 사이에서 부유하고 고뇌하는 인물로 그려집니다. 그러나 소설과 삶은 꼭 대척점에 있는 걸까, 라는 생각을 해보게 돼요. 소설의 결말에서 취업을 택하는 동시에 아이디어 노트를 버리지 않는 '무용'의 모습 역시 이중 궤도처럼 보이던 소설과 삶이 실은 하나일 수도 있음을 암시하지 않나 하는 생각도 해봅니다. 작가님은 소설과 삶 사이의 균형을 어떻게 잡고 계신가요?

A. 소설과 삶(여기서는 경제적인 측면을 말하겠죠)이 양립할 수 없다고 생각하진 않아요. 비중의 문제겠죠. 재희와 수연은 각각을 대표하는 전형적 인물이에요. 그들 나름의 이유와 가치 판단이 있죠. 그래서 그들을 옳고 그름으로 나눌 수 없고, 그렇기에 정답도 없습니다. 무용은 재희에 가까웠다가 소설 마지막에 수연에게 가까워지는 듯 보입니다. 아마 무용은 이후에도 둘 사이를 왔다 갔다 할 거예요. 두 가치의 적정한 비중을 찾을 때까지요.

마찬가지로 저도 소설과 삶 사이의 적정한 비중을 찾기 위해 계속 방황 중인 것 같습니다. 지금은 재희(소설) 쪽의 비중이 조금 더 높은 듯하지만, 어느 순간 수연(삶) 쪽으로 급격하게 높아질지도 몰라요. 이런 상황에서 넘어지지 않고 균형을 잘 잡으려면 시시때때로 찾아오는 불안과

자괴감에 최대한 초연하고 긍정적인 태도를 보일 수밖에 없는 것 같아요. '어떤 선택을 한다 해도 그건 날 위한 선택이다. 나는 보다 행복해지고 나아질 것이다. 고난과 불행은 곧 지나갈 것이다.' 이렇게 주문을 외우면서요. 쉽지 않다는 걸 알고 있습니다. 하지만 최대한 노력하고 있어요. 그렇게 아슬아슬한 균형을 유지하고 있습니다.

Q. 스킨답서스는 생명력이 강해서 악마의 덩굴이라고도 불린다지요. 이 소설에 등장하는 스킨답서스 화분은 '무용'의 자아를 거울처럼 비추는 식물로 보입니다. 그늘에서 생명 쪽으로 나아간다는 점에서도 닮았고요. 특히 소설의 후반, 반지하 창문에 놓인 스킨답서스 화분이 비에 젖어 있는 장면은 서사의 전환점처럼 느껴졌어요. 식물에게 빗물은 보약이라고 하잖아요. 이 순간 '무용'이 고개를 들어 하늘을 볼 수 있게 된 건 우연일까요, 서사적 장치일까요? 스킨답서스의 생명력과 반지하라는 물리적 공간의 대비를 통해 의도하신 바가 있다면 함께 듣고 싶습니다.

A. 서른 살 중반에 독립한 후 작은 화분을 하나둘 키우기 시작했어요. 그때 화분을 선택하는 기준은 단 하나, 햇빛이 부족해도 잘 자라는가, 였습니다. 당시 살던 집의 채광이 그리 좋지 못했거든요. 그렇게 들인 화분 중 하나가 스킨답서스였고, 다행히도 지금까지 함께 하고 있습니다. 서투르고 부족한 보살핌이었지만 정말 무시무시한 생명력으로 살아남았죠. 비록 처음보다 모습이 빈약해지긴 했지만요.

소설에 스킨답서스를 등장시킨 이유는 무용이 자발적으로 '보살피는 존재'가 있었으면 해서였습니다. 자신의 삶을 그다지 돌보지 않는 것처럼 보이는 무용이 무언가를 보살피면서 자신도 돌보길 바랐죠. 그런데 소설을 써나가며, 그리고 퇴고를 거치며 스킨답서스의 역할이 조금 달라졌어요. 질문처럼 무용 그 자신이 되었죠.

여전히 반지하와 가깝긴 하지만 창밖 지상으로 위치가 옮겨지고, 자랄수록 아래로 늘어지지만 그게 잘 자라는 것인 스킨답서스는 무용의 미래를 상징하기도 합니다.

 소설의 후반부, 스킨답서스에서 시선이 이동하며 하늘을 보게 되는 장면은 스킨답서스를 등장시킬 때부터 구상했던 장면입니다. 하늘을 바라보는 시점이 스킨답서스보다 낮은 반지하의 방바닥인 것도 의도했던 장면이고요. 무용이 처참한 밑바닥에 떨어졌을 때 삶의 희망(또는 아름다움)을 발견하길 바랐어요. 그 매개가 생명력을 상징하는 스킨답서스면 괜찮겠다고 생각했죠.

 반지하는 지상도 아니고 지하도 아닌 경계에 놓인 공간이라 생각해요. 경계는 위태롭습니다. 무용은 계단 세 칸을 오르락내리락하며 경계에서

서성이고, 그렇기에 그의 삶은 위태롭죠. 무용이 그 경계에서, 그 삶에서 당장 벗어날 수는 없다고 생각해요. 하지만 창밖으로 내놓은, 바람과 비를 맘껏 누리면 적어도 죽지 않는 강한 생명력의 스킨답서스처럼 무용도 잘 버텨내서 언젠가 경계를 벗어나 '지상'으로 올라갈 수 있으리라 믿어요. 그럴 수 있길 진심으로 바랍니다.

Q. 소설 속에서 폐지 줍는 할머니는 몇 차례 반복해 등장하는데요. 고된 노동과 적은 수입에도 미소를 잃지 않고 정중한 인사를 건네는 그는 '현실의 목소리'를 대변하는 승우와 달리 현실 너머의 인물처럼 보이기도 합니다. 특히 할머니가 지닌 품위는 가라앉는 삶 속에서도 '무용'이 지키고 싶어 하는 존엄함의 상징처럼 읽히기도 하는데요. 삶이 지상에서 세 칸 낮은 곳으로 내려가더라도 작가님이 잃고 싶지 않은 것이 있다면 무엇인가요?

A. 이 소설로 합평을 할 때, 동료 작가는 할머니의 고상한 존댓말 말투가 어색하다고 했어요. 폐지를 줍는, 어쩌면 가장 고단하고 팍팍한 삶을 사는 인물의 말투로 어울리지 않는다는 의견이었죠. 저도 그렇게 생각 안 한 건 아니었지만, 할머니가 자신의 현실에도 불구하고 예의와 존중을 지키는 인물로 그려졌으면 했어요. 할머니는 무용이 버린 소설책을 보며 소설을 읽은 지 너무 오래됐다고, 자신이 읽어도 되겠냐고 묻습니다. 현실의 가혹한 노동에 무력하게 짓눌리지 않고 잠시라도 소설을 읽는 여유를 가진 존재이죠. 아마도 생업에 치여 잊고 살았지만, 젊은 시절 문학(소설)을 향한 애정을 품었을 거예요. 그런 애정을 가진 존재라면 분명 그렇게 말하고 행동할 것 같다고 생각했습니다.

삶이 아무리 힘들어진다 해도 잃고 싶지

않은 가치는 한두 개가 아니겠지만, 하나만 고르라면 저는 '희망'을 꼽고 싶어요. 제가 좋아하는 영화 〈쇼생크 탈출〉에는 이런 대사가 나옵니다. "희망은 좋은 겁니다. 아마 가장 좋은 것일지도 몰라요. 그리고 좋은 건 절대 사라지지 않아요. Hope is a good thing. Maybe the best of things. And no good thing ever dies." 지금 우리가 사는 세상은 섣불리 희망을 말하기 조심스러운 시대일지도 모릅니다. 하지만 저는 끝까지 믿고 싶어요. 희망이 사라지지 않기에 우리의 삶이 이어진다는 것을요.

Q. '무용'은 문학의 쓸모를 주장하기보다 조용히 쓰는 쪽을 택합니다. 젖은 책은 버리지만 아이디어 노트는 지켜내고, 생존을 위해 취업을 하더라도 "그럼 소설은?"이라고 묻는 '승우'에게 "……몰라, 인마."라고 답하며 앞으로 계속 소설을 쓸 것을 암시하지요. 이런 인물의 태도는 '쓰는 행위' 자체로 문학을 옹호하는 것처럼 느껴져요. 자신의 온 존재로 무용의 유용을 말하는 것 같기도 하고요. 어쩌면 문학의 쓸모를 논하는 것 자체가 가장 무용한 일인지도 모르지요.

질문드리고 싶은 것은, 앞으로도 쭉 소설을 쓸 것 같은 '무용'은 왜 "계속 쓸 거야."라고 하지 않고 "몰라"라고 말했을까요? 모르겠다는 말 속에 더 선명한 진심이 드러나는 것 같기도 합니다만, 작가님이 표현하고 싶었던 점이 있다면 들려주세요.

   A. 무용이라는 인물은 미성숙한 인물이라고 생각했어요. 나이가 들어도 여전히 '어리고, 이기적이고, 무지'한 인물이요. 그는 누나의 죽음이라는 트라우마의 영향으로 삶의 방향을 정했지만, 그렇게 선택한 삶에(어쩌면 자신의 소설에도) 확신을 갖지 못합니다. 그러한 인물이라면 승우가 물었던 순간 확실한 결정을 내리지 못하지 않을까 생각했어요. 흔들렸을 거예요, 분명. 그리고 앞으로도 순간순간마다 계속 흔들릴 테고요.

   전 무용을 새롭게 각성하고 극적으로 변하는 인물로 그리고 싶지 않았어요. 그보다는 아주 느리지만, 그리고 뚜렷하지도 않지만 조금씩 성장하는(꼭 위를 향한 성장이 아니어도 괜찮은) 인물이길 바랐습니다. "몰라"라는 대사는 이러한 무용의 성격과 저의 바람이 담겨있다고 할 수 있을 것 같아요.

　물론 저도 무용이 계속 소설을 쓸 거라 믿어요. 그러기를 진심으로 응원합니다. 무용이 자신의 소설을 통해 세상의 많은 사람들이 쓸모없다고 여기는 것의 쓸모 있음을 증명해 주기를 바랍니다.

monostory 001

반지하와 스킨답서스

초 판 1쇄 펴낸날 2025년 8월 20일
지은이 주얼
작가 인터뷰 박은지(부비프 대표)
편집 | 디자인 | 제작 주얼

펴낸곳 이스트엔드
펴낸이 주얼
이메일 eastend_jueol@naver.com
S N S @eastend_jueol
ISBN 979-11-977460-0-0-03810

이 책의 판권은 지은이와 이스트엔드에 있습니다.

이 책 내용의 전부 또는 일부를 재사용하려면 반드시 양측의 서면동의를 받아야 합니다.

파본 도서는 구입처에서 교환해 드립니다.